HÉSIODE ÉDITIONS

LAURE CONAN

La Vaine foi

Hésiode éditions

© Hésiode éditions.

1 rue Honoré - 93500 Pantin.
ISBN 9782385120887
Dépôt légal : Novembre 2022

Impression Books on Demand GmbH

In de Tarpen 42
22848 Norderstedt, Allemagne

La Vaine foi

20 mai 19...
Les jours passent et je reste profondément troublée.

Malgré moi, je pense sans cesse aux étranges paroles de M. Osborne. Cela tourne à l'obsession. J'ai beau faire, dans les conversations les plus animées, au théâtre, partout, je le vois, je l'entends me dire tout étonné : « La différence de religion... Cette différence est-elle si grande ?... Depuis que je vous connais, depuis que je veux vous avoir pour femme, je vous ai beaucoup observée et il me semble bien que vous êtes catholique comme je suis protestant – de nom seulement. »

Ces mots me poursuivent. J'en ressens comme une flétrissure.

Catholique de nom, voilà comment me juge un homme intelligent, très mêlé à ma vie depuis deux ans – et qui dit m'aimer.

Où met-on sa religion si on ne la met pas dans sa vie, si du moins, il est impossible à ceux qui nous observent de l'y reconnaître. Mais y a-t-il un catholicisme de salon ?

24 mai.
D'autres peut-être trouveraient M. Osborne bien exagéré, bien injuste. Là dessus il me faudrait l'opinion de ceux qui me connaissent le mieux – de ceux qui me voient vivre. – Mais dans ma famille – si aimable pourtant – a-t-on le véritable esprit chrétien ? D'ailleurs, ni à mon père, ni à ma mère je ne pourrais rien dire sans les blesser. Quant à Lydie et à mon beau-frère, mes remords les feraient bien rire.

* * *

31 mai.
Nous étions tous au jardin quand M. Osborne est survenu. Paulette cou-

rut à sa rencontre. Elle lui fit de grandes amitiés et voulut absolument lui montrer le nid de merle qu'elle a découvert. C'était gentil de voir cette petite le conduire.

Comme M. Osborne ne se rapprochait point de notre groupe, j'allai à lui. Son visage sombre s'éclaira. Il me regarda longuement, gravement et m'appelant pour la première fois par mon nom de baptême. – Marcelle, murmura-t-il, je voudrais vous parler librement.

Nous prîmes l'allée des pins et avec la tranquille assurance des forts, il me déclara qu'il ne pouvait croire à un refus définitif… que je finirais par lui faire le sacrifice d'un préjugé. Dans les religions, il ne voit guère que les traditions, que l'héritage des ancêtres.

– Je suis né protestant, je mourrai protestant, dit-il, mais je suis loin d'être un fanatique. À vrai dire, je ne crois pas à grand'chose. Je ne suis plus sûr d'être un chrétien. Quand je cherche ma foi d'enfant, je la retrouve comme une morte aimée qu'on retrouverait en poussière. La foi ! qui l'a vraiment ? Qui est sûr de l'avoir toujours ?

Je me récriai vivement. Il me regarda. Ses yeux clairs m'interrogeaient, semblaient vouloir sonder mon âme jusqu'au fond.

– Il y a quelques années, reprit-il, après un léger silence, je pense bien que j'aurais parlé à peu près comme vous le faites. On s'abuse tant ; l'illusion tient une place si large dans nos sentiments, dans notre vie. Mais je vous le demande, où sont les vrais croyants ? Qui médite l'Évangile, qui le comprend, qui s'en pénètre ?… Dans notre monde, est-ce qu'il n'y a pas un recul vers le paganisme ?

Tout ce qu'il dit a de l'accent. Il est énergique, il est sincère. Ce qu'il me raconta de lui-même me surprit et m'émut. Que nous ignorons l'âme des autres. Mais peut-on comprendre les souffrances qu'on n'a jamais éprouvées ? Les angoisses du doute me sont absolument inconnues et je ne suis pas sans avoir remarqué que les vérités mal dites font un effet fâcheux. Je n'osais donc parler.

— À quoi sert de scruter les problèmes insolubles ? poursuivit-il. Le meilleur de la vie, c'est de travailler, c'est d'aimer. Si vous vouliez donc être ma femme, je vous serais un mari loyal et dévoué. Nous nous entendrions parfaitement, j'en ai l'intime, l'absolue conviction. Ce qui vous reste de votre éducation religieuse s'en irait bientôt… tout naturellement.

— Voilà ce que vous espérez, fis-je indignée, et vous dites m'aimer.

— Je vous aime, je vous aimerai toujours, jamais je ne pourrai m'en empêcher, dit-il humblement.

— Il paraît que l'amour passe tôt ou tard… et jamais très tard, lui répondis-je.

Il ne répliqua rien, mais me regarda avec une expression si triste que j'en fus touchée et je lui dis :

— Soyez-en sûr, une catholique et un protestant ne peuvent s'épouser sans préparer leur malheur. Puis, je vous l'ai dit, l'Église catholique tolère à peine les mariages mixtes… elle ne les bénit point.

— Qu'est-ce que cela vous ferait ?… Que vous importerait cette bénédiction si vous m'aimiez ? L'amour chasse tous les autres sentiments. Soyez franche, la différence de religion n'est qu'un prétexte. Vous refusez d'être ma femme parce que vous n'avez pour moi que de la répulsion.

— Vous savez ce que vous êtes, vous savez ce que vous valez, répliquai-je. Je n'ai pas à répondre là-dessus. Mais dites-moi, monsieur, ce qui vous fait croire que je ne suis catholique que de nom. Je voudrais le savoir.

Il éluda d'abord la question. J'insistai et, s'arrêtant au milieu de l'allée, il me dit avec calme :

– Mademoiselle, si vous et moi nous ne croyions qu'à la vie présente, qu'y aurait-il à changer dans notre manière de voir, de juger, de sentir et de vivre ?

Je restai devant lui silencieuse et confuse. Une lumière inexorable m'envahissait, me forçait à voir la contradiction absolue entre ma foi et ma vie de luxe, de plaisirs, d'égoïsme et d'orgueil.

Il se pencha et murmura :

– Vous ai-je fait de la peine ?

– Vous m'avez fait un grand bien, vous m'avez éclairée, lui dis-je. Merci d'avoir été sincère. Merci de n'avoir pas craint de me dire la vérité.

Mais je ne pus retenir quelques larmes.

– Pardon, pardon, dit-il, je regrette mes paroles. Comment ai-je pu vous parler ainsi ? Se peut-il que je vous fasse pleurer ?

– Ne regrettez rien. Encore une fois, vous m'avez éclairée. Je suis catholique, j'ai la grâce de la vérité intégrale et vous, Benedict Osborne, si prévenu en ma faveur, vous me jugez moins chrétienne que vos protestantes. Vous me classez presque parmi les incroyants.

– Vous savez, dit-il, qu'il n'y avait rien de blessant dans mes paroles. Vous êtes vraiment la femme que je souhaite.

Je lui fis signe de ne pas insister et trop troublée, trop émue, pour me contenir, je lui dis :

— Oui, je vis dans l'oubli de Dieu, dans l'insouciance des choses éternelles. J'ai la passion du bien-être, du plaisir ; oui, j'ai le goût effréné du luxe, la fureur de briller, toutes les idolâtries de la beauté, de la jeunesse, du succès. L'adulation m'enivre, mais sous tout cela la foi vit… Ah ! bien inerte, bien endormie… Mais vous l'avez réveillée.

Nous reprîmes en silence nos allées et venues. Était-il ému ? Je le crois et que la crainte de le laisser voir l'empêchait de parler.

Au-dessus de nos têtes, les pins étendaient leurs branches. Les arômes du jeune feuillage nous arrivaient avec des bruits d'ailes.

— Les oiseaux font leurs nids, observa-t-il, – et bien bas, il ajouta : Ah ! un foyer, une petite maison close où l'on serait attendu, où l'on trouverait la paix, l'intimité, où l'on reviendrait toujours comme à un refuge.

* * *

4 juin.
Je dors très peu. L'entretien de l'autre jour semble avoir chassé le sommeil. Comment un protestant, un incroyant – pour parler exactement – a-t-il pu produire une impression religieuse si forte ? N'y a-t-il pas là une touche secrète venue d'ailleurs ?

Je l'ai rencontré plusieurs fois et sans embarras. Il doit m'avoir trouvée bien impulsive. Mais le souvenir de mes aveux m'est plutôt apaisant, consolant. Dans ce cri de la conscience, je vois un commencement de réparation. La grande masse des catholiques renie chaque jour la foi dans ses actes, je le sais parfaitement. Mais cela ne m'excuse pas. On est toujours responsable de l'impression qu'on produit.

* * *

8 juin.
De l'émotion à la volonté, il y a loin. On ne change pas du jour au lendemain ses habitudes, ses goûts, ses inclinations. Je suis bien trop imbibée de l'esprit du monde pour aller facilement aux austères exigences de la vie chrétienne, mais il me semble que je ne pourrai plus être la frivole créature que j'étais.

C'est une chose grande que de comprendre qu'on a une âme immortelle. Je l'éprouve et je songe souvent à ces régions éternelles où je dois vivre à jamais. Je n'ai personne avec qui parler de ces graves sujets. Une conversation là-dessus avec M. Osborne me tenterait s'il n'était rongé par le doute.

M'aime-t-il vraiment ? J'espère que non et qu'il ne souffrira guère. Je lui conviens, je lui plais, mais une autre lui plaira autant. Et entre nous, il y a tant d'idées qui séparent. En fait de pensées, de souvenirs, de vues, de craintes, d'espérances, qu'avons-nous en commun ?

Je lui reconnais beaucoup de distinction, une réelle valeur. Il a l'âme robuste et haute. Sa recherche flattait ma vanité. Maintenant, j'éprouve pour lui un sentiment que je n'avais jamais ressenti. Mais l'expression de cette sympathie tardive ne vaudrait rien, ne m'est pas permise. Non, que je redoute une grande passion. Je ne la redoute pas plus que je ne la désire. Je n'ai pas le goût des émotions excessives. J'aime la gaieté, l'animation de la vie, le plaisir. Mais je ne suis pas sentimentale, je ne suis pas romanesque.

À mon avis, les grandes passions, comme les grands feux, sont agréables à voir de loin et, d'après ma connaissance du monde, la médiocrité du sentiment y est encore plus générale que la médiocrité de l'esprit.

Qui sait, sous ses froids dehors, Benedict Osborne cache peut-être une sensibilité profonde. Quoi qu'il en soit, si je me connais, jamais je ne consentirai à un mariage que ma vieille mère l'Église catholique ne bénirait pas.

Si ce que je viens d'écrire était lu on me trouverait bien arriérée, bien étroite. Dans le monde que n'abrite-t-on pas sous le mot largeur d'esprit ?

* * *

10 juin.
M. le Curé de… en tournée pour son hôpital, nous a longuement entretenus de bien des souffrances, de bien des misères. Comme il allait partir mon père lui demanda :

— S'il vous était donné, monsieur l'abbé, de délivrer l'humanité d'une souffrance, que feriez-vous ? De quelle souffrance, débarrasseriez-vous la terre ?

Il réfléchit un instant et répondit avec un sourire :

— Des vaines et fausses douleurs.

On se récria, on protesta.

— Non, ce n'est pas ce que vous feriez. Vous useriez mieux de votre puissance. Vous en savez trop long sur les souffrances de toutes sortes.

— Oui, j'en sais long sur les douleurs de la vie et de la mort, s'écria le vieux prêtre, mais si j'en avais la puissance, je débarrasserais d'abord la terre des souffrances de la vanité, des souffrances de l'envie et, croyez-moi, je serais le grand bienfaiteur des humains. Les vaines souffrances tiennent une si grande place dans notre vallée de larmes… et elles sont si laides à voir.

On applaudit et après son départ plusieurs dirent qu'il avait raison.

* * *

13 juin.
La mort si prompte, si terrifiante de M. Durville, en visite chez nous, nous a tous consternés. La maison d'ordinaire si gaie en est encore toute triste.

Depuis quelques années il affichait l'incroyance, mais aux prises avec la mort, le pauvre garçon n'a pas refusé le prêtre. Au contraire, il demandait s'il n'arrivait pas, et, avec des gémissements de bête qui râle, il priait, il protestait qu'il voulait croire et s'efforçait de ranimer sa foi.

Chose que je me reproche un peu, maintenant que l'émotion est calmée, quand je revis cette heure terrible, il m'apparaît comme un homme surpris par la nuit qui s'agiterait pour rallumer un flambeau éteint.

Oh, sa peur du noir ! Ce souvenir me poursuit, souvent encore j'en frémis toute.

Quand le prêtre arriva, M. Durville ne respirait plus. Mais depuis qu'il est reconnu que la vie persiste après la mort apparente, on donne les sacrements à ceux qui viennent d'expirer. Tant qu'il reste une parcelle de vie, le prêtre peut absoudre et purifier. Pendant que M. le curé faisait rapidement les onctions sur ce pauvre corps où l'œuvre de la mort était si près d'être consommée, le poids qui m'écrasait le cœur s'allégea. Je respirai. Nous étions tous fortement émus. Moi plus que les autres peut-être, car c'était la première fois que je voyais mourir.

J'aurais voulu rester auprès du corps jusqu'à ce qu'on l'emportât. Mon père ne le permit point.

Avant de quitter la chambre, je levai le drap qui couvrait le visage du mort, je le regardai longuement et je le sentis si loin… si autre… Qu'est-ce que notre vie ?… Oh, l'insondable mystère de tout !… Ces durées incalculables… ces espaces infinis… « Me voilà sur la terre comme sur un grain de sable qui ne tient à rien. »

Cette parole me revient souvent, je la sens terriblement vraie.

* * *

17 juin.
On l'a reconduit en grande pompe au cimetière.

Sa mort a causé de l'émoi. On en parle encore, mais dans quelques jours, qui y songera ? M. Osborne, très frappé de cette mort, est venu en causer. Je lui ai raconté comme sa foi s'était réveillée, comme il protestait à Dieu qu'il croyait… qu'il voulait croire.

Il m'a écoutée avec une attention profonde et m'a dit simplement :

– Quand il faut s'enfoncer dans le noir on veut avoir une lumière.

* * *

20 juin.
Si tu savais comme je suis accablée de douleur, tu n'aurais pas tardé à venir me voir, m'a écrit Véronique Dalmy. J'ai besoin de tout savoir. Nous nous aimions tant !

Pauvre Véronique. Ce qu'elle voulait surtout savoir c'était si son ami avait parlé d'elle.

Elle le regrette, mais sans s'en rendre compte peut-être, elle a l'inclination d'exagérer beaucoup ce qu'elle ressent.

Cet étalage de larmes, ces phrases théâtrales m'ont refroidie. Son chagrin dans son humble vérité m'aurait bien plus touchée.

* * *

26 juin.
Pour ce pauvre garçon, emporté d'une façon si terrible, ma pitié reste intense, mais c'est moins à lui que je pense qu'à l'au delà.

Ce monde invisible où, d'un moment à l'autre, nous pouvons être jetés, qu'en savons-nous ?… De l'univers, où notre terre n'est qu'un atome, qu'est-ce que les plus grands savants connaissent ?

Là-dessus je viens de lire des paroles de Pasteur que je veux garder. À une séance de l'Académie, parlant de l'accord du principe fondamental de la foi et des conceptions scientifiques les plus hautes, Pasteur disait :

« Au delà de cette voûte étoilée, qu'y a-t-il ? De nouveaux cieux étoilés. Soit. Et au delà ?… Il ne sert de rien de répondre : Au delà sont des espaces, des temps et des grandeurs sans limites… Nul ne comprend ces paroles. Celui qui proclame l'existence de l'Infini, et nul ne peut y échapper, accumule dans cette affirmation plus de surnaturel qu'il n'y en a dans tous les miracles de toutes les religions, car la notion de l'Infini a le double caractère de s'imposer et d'être incompréhensible. »

J'ai fait lire ces lignes à M. Osborne que j'ai rencontré. Il est resté un peu songeur et m'a dit :

– Il y a des moments où je donnerais tout ce que je possède pour un petit grain de foi solide. Mais comment croire ?

« Truth is a gem which loves the deep. »

– Pauvre protestant perdu sur la mer sans rivages du libre examen, lui ai-je dit avec compassion.

Nous avons parlé de notre situation de passant, de cet océan de mystère qui nous entoure.

– Vous autres, catholiques, vous croyez votre planche plus solide que celle des autres, m'a-t-il dit.

Et craignant probablement de m'avoir blessée, il a ajouté :

– Comme vous avez l'esprit sérieux. Il n'est pas ordinaire, il n'est pas naturel à la jeunesse de creuser ces graves pensées. Heureusement, cette forte impression va se dissiper.

* * *

4 juillet.
« Ne seras-tu plus jamais gaie ? m'a dit mon père en me rencontrant ce matin. Ton sourire et ton rire me manquent affreusement… Ta tristesse songeuse m'inquiète. »

Je pris le cigare allumé qu'il tenait entre ses doigts, j'en fis tomber la cendre et lui dis :

– Les choses de ce monde ont-elles plus d'importance que la fumée et la cendre de votre cigare ?

– Pourquoi t'arrêter à ces désolantes exagérations ? me dit-il. Il faut réagir contre les impressions funèbres. Parce que tu as vu mourir, la terre n'a pas pris le deuil. Il ne faut pas croire qu'il n'y a plus d'espérances, plus de joies. C'est une ingratitude. Et me montrant le jardin ensoleillé : Vois comme tout est beau.

D'après lui, il faut regarder la terre sous ses aspects aimables et ne pas assombrir ses belles années. La grande tristesse, conclut-il, c'est d'avoir eu vingt-cinq ans et de ne les avoir plus.

Ce soir, il m'a surprise à ma fenêtre, la tête levée vers les étoiles, et m'a plaisantée gaiement sur ce qu'il appelle le goût de l'astre, le vagabondage dans les espaces.

– On assure qu'il faut des milliers d'années pour que disparaisse la lumière d'un astre éteint ? lui demandai-je.

– Ce que je sais, répondit-il, c'est qu'il faut te ramener en ce monde… il faut te distraire.

Et avec cette virile autorité du geste, qui me plaît chez lui, il ajouta :

– Tu iras au bal de Mme V… Je veux te revoir avec ces lueurs de fêtes qui te seyaient si bien.

Pauvre père, toujours si aimable, encore si brillant. Ce n'est pas lui qui se prêtera aux conversations sur l'au-delà. Il veut réveiller ma vanité, – ce qui n'est pas bien difficile. De mes pauvres triomphes mondains, il m'est revenu tantôt une saveur horriblement douce.

* * *

6 juillet.
Ma mère me reproche de me négliger, de n'avoir plus de goût à rien, c'est un peu bien vrai.

Que j'aille parfois à la messe en semaine, l'inquiète. Elle m'assure qu'il me faut beaucoup de repos, beaucoup de distractions. Comme les autres ici, elle croit que la terrible mort de M. Durville m'a dangereusement impressionnée.

Cette mort m'a fait voir combien fragile est la vie. Mais la crise intérieure l'avait précédée. On n'a pas aperçu le travail secret dans mon âme. C'est bien Benedict Osborne qui m'a porté le grand coup. C'est lui qui a réveillé ma conscience. Le changement qu'on remarque en moi vient surtout de cette souffrance intime qui s'avive au lieu de s'apaiser.

Je n'ai pas à me reprocher ce que le monde appelle de grandes fautes, mais j'ai vécu pour moi-même, pour paraître, pour faire de l'effet au lieu de faire du bien. Je suis un être de luxe, d'égoïsme et d'orgueil.

Ah ! ce culte du moi. Si l'on pouvait faire l'analyse de mes pensées, de mes sentiments, quel résidu aurait-on ?

Dans le désir criminel de plaire trop, dans la secrète complaisance qu'on y prend, qu'est-ce que Dieu voit ?

Humbles travailleuses, aux visages flétris, pauvres jeunes filles qui peinez tout le jour pour nourrir votre vieille mère, pour donner du pain à vos petits frères et à vos petites sœurs, vous reposez les regards du Dieu de sainteté. Aux yeux de Celui qui a fait la lumière si belle, vous êtes les nobles fleurs, la parure de ce monde.

* * *

9 juillet.

La foi n'est rien, si elle ne pénètre la vie entière. La religion doit être l'âme de l'existence. Qu'est-ce que les habitudinaires, les pratiquants de la routine et du respect humain ?... J'ai l'horreur de la petite cour intéressée qu'on fait à Dieu. Mais le plus vif de mes sentiments religieux, c'est la crainte. Souvent je lis quelques lignes de Pascal. J'aime la force opprimante de sa parole. Il a des pensées qui s'emparent pour jamais de l'esprit, « le petit cachot où l'homme se trouve logé, j'entends l'univers... »

* * *

17 juillet.

J'aurais préféré ne pas aller au bal, je me suis laissé coiffer et habiller sans me regarder. Y avait-il de l'affectation en cela ? Il me semble que non. Mais la vanité a la vie dure. Me sentir admirée m'a été délicieux et le plaisir de la danse m'a encore un peu grisée. Mais je ne sais comment tout le sérieux de la vie a soudain pesé sur moi. Je n'ai plus voulu danser.

— Je voudrais lire dans votre âme, m'a dit M. Osborne, dont j'avais surpris plusieurs fois le regard attentif.

— Vous y verriez d'étranges contradictions, lui ai-je répondu, mais croyez-moi, je n'ai plus l'âme légère qu'il faut porter au bal. Je ne l'aurai jamais plus.

— En êtes-vous bien sûre ? a-t-il répliqué avec un sourire.

Il est trop homme du monde pour laisser voir ses impressions, rien chez lui ne trahissait une arrière-pensée. Mais je sentais l'invisible. Un je ne sais quoi impossible à exprimer m'avertissait qu'intérieurement il revivait l'heure de notre promenade dans l'allée des pins et j'en éprouvais du malaise. Le réveil de ma foi n'a guère servi qu'à me faire sentir la morsure continuelle de la conscience.

Comme j'allais partir, M. Osborne me rejoignit et pendant que j'arrangeais ma sortie de bal il me dit bien bas :

— Sachez-le, je ne renonce pas à mon espoir le plus cher. J'ai foi en ma volonté ; elle est plus forte que la vôtre.

* * *

20 juillet.
Longue promenade ce matin, avec mon père. Comme il tâchait en vain de m'égayer je lui avouai que je souffre parce que je ne vis pas comme je crois, que je ne suis pas ce que je devrais être.

Il rit doucement et répondit :

— Tu es la grâce, la joie de la famille. Cela me suffit. Chasse bien loin ces scrupules – toutes tes idées de l'autre monde. La vie n'est douce qu'à ceux qui l'effleurent.

— Pardon, lui dis-je, la vie n'est douce qu'à ceux qui ont la paix de l'âme et si j'avais plus de courage, je vous demanderais la permission de faire une retraite.

— Je te défends même d'y songer, dit-il avec autorité. Je ne veux pas d'une nonne laïque. Faire une retraite… Ce qu'il te faudrait, ma fille, c'est l'amour. Ton cœur dort. Aucun de tes amoureux n'a su encore se faire aimer. Mais j'espère que tu ne manqueras pas ta vie.

Rien à faire pour le moment. Et je crois que j'en suis contente. Il est terrible d'entrer dans les ténèbres de sa conscience. Je redoute la lumière. Quiconque se regarde, paraît-il, est épouvanté de ce qu'il voit. Et quand j'y pense une sérieuse vie chrétienne m'effraye. C'est un peu comme s'il s'agissait de m'enterrer vive.

À travers ces lâches pensées, voici que surgit un souvenir de ma visite aux catacombes de sainte Agnès.

J'y étais allée en bien frivole compagnie. Ma bougie allumée à la main, j'avançais dans les étroites allées bordées de tombeaux, sans autre sentiment que la curiosité, quand soudain une religieuse émotion m'envahit et mes larmes coulèrent irrésistibles, douces, pressées… Les siècles avaient reculé ; dans le passé profond je voyais les premiers chrétiens, les martyrs.

Ces jeunes filles qui s'arrachaient aux splendeurs de la terre, à toutes les délices de la vie pour aller avec joie aux tourments, à une mort affreuse croyaient ce que je crois. Rien de plus. Créatures de chair et de sang, elles avaient besoin comme moi de liberté, de vie, de jouissances, de plaisirs. À peine sorties du paganisme, comment avaient-elles la force de tout sacrifier à l'invisible ?

Ô nobles vierges qui braviez les proconsuls et renversiez les idoles, vous qui ne redoutiez ni le poids des chaînes, ni le noir des cachots, ni la savante cruauté des bourreaux, que pensevous de moi qui recule devant les efforts et les ennuis de la vie simplement chrétienne ?

* * *

23 juillet.
Je vis beaucoup au-dehors. L'air et la marche, quelle jouissance. La beauté du soleil, des eaux, de la verdure n'a point de prix. Mais intérieurement j'entends souvent le conseil de la mort dans cette chanson allemande

que ce pauvre M. Durville chantait si bien : « N'aime pas trop le soleil et les étoiles, car il te faudra me suivre dans ma demeure sombre. »

* * *

24 juillet.
La nuit est claire, le ciel très pur. Tantôt j'ai tâché d'y situer l'Alpha du Centaure. C'est l'étoile la plus rapprochée de nous et pour y arriver, à un train qui partirait de la terre et marcherait à la vitesse de vingt-cinq lieues à l'heure, il faudrait quarante-six millions d'années. L'esprit défaille quand on réfléchit aux dimensions du monde.

J'aime ces pensées. J'y prends conscience de la grandeur, de la puissance de Dieu. Ô Créateur de l'univers, merveille et mystère !

* * *

26 juillet.
Tantôt, me promenant dans le jardin, après l'orage, j'ai aperçu entre des arbres bien haut, en plein soleil, de merveilleux fils de la Vierge qui n'y étaient pas ce matin et ce gracieux travail de l'araignée m'a frappée d'étonnement, m'a fait faire des réflexions sans fin.

Depuis Jésus-Christ, si tous les chrétiens avaient vécu leur foi, fourni leur maximum d'efforts pour perfectionner, pour ennoblir, pour embellir la vie, que serait la terre ?…

Une lumière devrait émaner de nous. Il est triste, il est affreux d'étouffer en soi le divin. Je vois venir le jour où je ne pourrai plus supporter des aspirations, des sentiments que je ne traduirai pas en actes. Mais le courage me manque absolument et je reste avec une conscience douloureuse.

Dans la sérieuse vie chrétienne, j'entrevois des gênes insupportables, des ennuis infinis, des renoncements impossibles.

Chose étrange, nous ne pouvons nous mesurer et nous aimons les riens.

* * *

30 juillet.
Le sérieux de la vie pèse parfois sur moi jusqu'à m'oppresser. Quelque chose s'est emparé de moi et ne me lâche point, mais la piété n'a pas d'attraits pour moi.

Un prêtre à qui je m'en plaignais m'a dit :

– C'est l'effet de la vie mondaine… Puis vous n'avez jamais souffert.

Je protestai faiblement mais il poursuivit :

– Vous êtes une heureuse de la terre. Dieu vous a comblée. Tout vous sourit. Le monde vous encense, vous adule. Ne soyez pas surprise que la piété vous semble insipide. Entre les délices de ce monde et le goût des choses divines, il y a incompatibilité absolue.

– Je ne suis pas si heureuse que vous le croyez, lui dis-je. Je n'ai pas la paix de l'âme et je pense à la mort beaucoup plus que je ne le voudrais.

Il me regarda étonné et reprit :

– Quoi ! la mort n'est pas pour vous un fantôme qui ne viendra jamais ?… La grâce vous travaille, c'est évident. N'attendez pas l'attrait pour vous mettre à la pratique exacte.

– La pratique exacte, aride et sèche, m'écriai-je, je ne saurais m'y assujettir. Ça me ferait l'effet d'un mouvement mécanique. Il me faudrait un renouvellement entier, profond.

– Avez-vous cru qu'il ne vous en coûterait rien ? La conversion d'une jeune âme qui s'est livrée au monde, sans commettre ce que nous appelons de grandes fautes est entre toutes difficile et aride.

– Pourquoi ? lui demandai-je.

– Pour vous répondre il faudrait bien comprendre ce que c'est que l'esprit du monde. Jésus-Christ l'a maudit dans sa prière pour les élus ; au moment d'aller mourir pour les pécheurs, il a déclaré qu'il ne priait pas pour le monde… Lui connaît le fond des choses.

Paroles terribles ! Je le regardai avec un sentiment de détresse et, très doucement, il ajouta :

– Ayez confiance. La grâce fera son œuvre dans votre cœur. Mais c'est surtout par la souffrance que Dieu opère.

Et maintenant dans le calme profond de la nuit qui m'entoure, je me représente la dernière Cène. Si j'avais vu Notre-Seigneur quand il a dit : « Je ne prie point pour le monde. »

Ô Sauveur, ô juge de l'humanité, pourquoi le monde vous est-il si odieux ? Est-ce parce qu'il est le temple de la vanité, du mensonge, de l'envie ?

* * *

15 août.
Je suis à Montréal pour la profession religieuse de Marie Rémur. Ce

matin à mon arrivée, en attendant la voiture, la pensée m'est venue d'aller entendre la messe à Bon-Secours.

Je trouvai l'église remplie. Les Séminaristes de Saint-Sulpice étaient là en pèlerinage. Le chant puissant et beau me retint. Debout près de la porte, je regardais ces jeunes gens tout à la prière, et un respect très doux me pénétrait. Je me disais : Ils ont entendu l'appel d'en Haut, ils seront prêtres ; ils auront la mission d'apprendre aux pauvres humains à se surmonter, à aimer l'Invisible Beauté.

Mission auguste, mais si souvent ingrate, si souvent stérile. En nous il y a tant d'oppositions à notre propre bien. Nous naissons si contraires à l'amour de Dieu.

Et pourtant si nous étions moins aveugles, moins déchus, si nous nous aimions nous-mêmes, en quelle horreur, en quelle exécration, nous aurions tout ce qui nous éloigne de Dieu.

Je me disais cela et comme j'allais sortir, en regardant toutes ces têtes, noires, brunes, blondes où la tonsure était encore fraîche, où il n'y avait peut-être pas un cheveu blanc, la pensée me vint : Il est peut-être là celui qui viendra m'apporter la force de mourir, celui qui bénira ma fosse.

* * *

17 août.
Odile Remur est maintenant Sœur Dominique.

Le chant laissait fort à désirer ; le long sermon solennel ne m'a rien dit. Mais la sereine simplicité d'Odile m'a charmée. Avec quel calme céleste elle a prononcé ses vœux. On sentait qu'il ne lui en coûtait rien de s'enchaîner, de sacrifier sa liberté.

Plus tard, quand je crus que les parents et les amis devaient être partis, j'allai la demander au parloir. Elle parut touchée que je fusse venue de si loin pour sa profession. Je ne l'avais pas vue depuis son entrée, je la regardais avec une curiosité un peu émue. Elle était gaie, pas du tout solennelle.

– Si vous saviez, m'a-t-elle dit, comme je me trouve bien de n'avoir plus qu'une robe, de ne plus penser à ma toilette, de ne plus passer des heures et des heures devant mon miroir, à me bichonner.

Je lui demandai ce qui l'avait déterminée à quitter le monde.

Elle rit un peu et me répondit avec son ancienne espièglerie :

– Le sens esthétique.

Je la regardais sans rien dire, elle poursuivit :

– J'avais le goût, le désir, la passion d'être belle. C'était un tourment. Et comme j'y perdais mes peines, un bon jour après un violent accès de dépit qui m'humiliait, je me dis : Si je cultivais la beauté de mon âme, – la beauté immortelle… Cette pensée ne me quitta plus. Je me voyais vieillir – enlaidissant d'heure en heure… sans cesse occupée à me recrépir. Ce que je souffrais !

– Et ensuite ? lui demandai-je.

Ensuite… tout se fit naturellement. Je résolus de me désoccuper de mon corps pour embellir mon âme. Marcelle, Notre-Seigneur est un grand artiste, je me suis remise entre ses mains. Je tâche de me laisser faire et j'espère avoir le bonheur d'être bien belle éternellement.

Un aigre son de cloche lui apprit que l'heure du parloir était passée.

Sœur Dominique se leva vivement. Je ne la retins pas. Et pourtant j'aurais désiré prolonger l'entretien. Entre nous, il n'y a jamais eu d'intimité, mais j'aurais voulu lui parler de mes souffrances intérieures, – lui dire que je ne sentais plus la joie d'être belle.

* * *

19 août.
Contentement intérieur, Paulette n'ira pas au bal. Ce n'est pas sans peine que je l'ai obtenu de maman. Ces fêtes d'enfants la charment.

– C'est si beau à voir la joie des enfants, disait-elle. Elle me rappelait mon premier bal travesti, mon costume de fée, le plaisir qu'elle avait eu en m'habillant.

Je me souviens de ce costume merveilleusement joli, je me souviens de l'effet que je produisis et de l'éveil de la vanité. Puis, la griserie de la musique, de la danse. J'en gardais un désir, un besoin d'être emportée, bercée, ravie… Qui sait si je ne dois pas à ces impressions si vives le malheur de n'avoir jamais ressenti une joie religieuse dans mon enfance ?

* * *

20 août.
Réception chez Mme K. J'ai longuement causé avec M. Osborne. Je ne le rencontre pas sans une secrète confusion. Depuis qu'il a réveillé ma conscience, qu'y a-t-il de vraiment changé dans ma vie ? Je sens le poids de mes obligations de catholique – et j'en souffre. Voilà.

Je ne sais pas vouloir et la piété me répugne tant ; elle m'apparaît si ennuyeuse.

Idée fausse ! Je le veux bien, mais le sentiment qui m'en délivrera, c'est comme si ma jeunesse allait finir soudain, comme si je me condamnais à ne plus revoir le printemps.

On doit aller à Dieu avec une ardeur profonde, et mon cœur est si aride, si froid.

Ma religion a toujours été une religion de surface. Jamais je ne l'ai profondément sentie, profondément vécue. Le somptueux bien-être, les vifs plaisirs m'ont desséché l'âme.

Je suis une heureuse de ce monde. Mais cette vie qui m'était délicieuse, qui me le serait encore, je n'en sais plus jouir. Ô jour de l'ensevelissement, ô première nuit du sommeil de la terre !

La foule des humains s'en va à la tombe sans y songer. Je le sais. Mais la pensée de la mort est entrée en moi. Je ne puis l'ôter.

* * *

22 août.
L'idée païenne chemine chez nous. On s'octroie une âme d'artiste séparée de son âme de chrétienne : « Si tu savais comme c'est triste de ne pouvoir s'admirer, de ne pas briller, de passer à peu près inaperçue », m'a dit tantôt une jeune fille. Elle m'a avoué être tentée de blasphémer parce que Dieu ne lui a pas donné la beauté. Cela m'a rappelé ce que nous disait le curé qui quêtait pour son hôpital.

Ah ! les douleurs artificielles.

* * *

30 août.
Grande joie dans la famille. Naissance de ma première nièce.

C'est moi qui ai choisi son nom de Marie-Claire. J'aurais préféré n'être pas sa marraine, m'en sentant peu digne. Mais j'ai tâché d'agir en vraie catholique et le baptême m'a laissé au cœur une douceur inattendue.

Je songe beaucoup au mystère de notre régénération, à ce caractère ineffaçable que le baptême imprime : sceau sacré de l'adoption divine qu'on emporte dans l'éternité et qu'à travers les siècles sans fin les feux mêmes de l'enfer laisseront intact.

Pour me préparer à mes fonctions de marraine, j'avais lu avec une grande attention le rituel du sacrement.

Je n'avais pas l'idée de la force, de la solennité des exorcismes préliminaires du baptême :

« Sors, esprit impur, je t'exorcise au nom du Père et du Fils et du Saint-Esprit, afin que tu t'éloignes de cet enfant de Dieu. Celui-là te le commande qui a marché sur les flots de la mer et tendu la main à saint Pierre près d'être submergé. Donc damné maudit, rends gloire au Dieu vivant et véritable et retire-toi de cette créature parce que Dieu la réclame et que Notre-Seigneur a daigné l'appeler au saint baptême.

…Et ce signe de la croix que nous traçons sur son front, toi damné maudit n'ose jamais le profaner.

…Je t'exorcise, qui que tu sois, esprit immonde, au nom du Père tout-puissant, au nom de Jésus-Christ son Fils et notre juge et par la puissance du Saint-Esprit, afin que tu quittes cette créature de Dieu que Notre-Seigneur a daigné appeler à son temple, afin qu'elle-même devienne le temple du Dieu vivant et que l'Esprit-Saint habite en elle par le même

Jésus-Christ Notre-Seigneur qui doit venir juger les vivants et les morts et ce monde par le feu. »

Ces exorcismes réitérés sont une terrible preuve qu'à notre naissance le maudit nous tient bien, que nous sommes vraiment sa chose. Et dire que nous vivons comme si nous n'avions rien à redouter, comme si ce cruel et ignoble ennemi n'existait point.

« Renoncez-vous à Satan ? – Renoncez-vous à ses œuvres ? – Renoncez-vous à ses pompes ? »

Petite Marie-Claire, en ton nom j'ai répondu trois fois : J'y renonce.

Et les pompes de Satan, ce sont les vanités du monde. Puisses-tu ne pas t'y laisser prendre.

Petite Marie-Claire, en ton nom j'ai demandé la foi à l'Église de Dieu et aux interrogations sur la foi catholique, j'ai répondu pour toi : Je crois. Puisse cette foi pénétrer toute ta vie.

Après le baptême, on sacre l'enfant sur la tête, avec le saint chrême, comme les rois. Mais parmi nous, qui songe à la glorieuse noblesse du chrétien ? Il y a vingt-deux ans que j'ai été baptisée et j'ai vécu à peu près comme si je n'en avais jamais entendu parler.

Au sortir de l'église Monsieur V. m'a dit, rieur : « Mademoiselle Rochefeuille, vous m'avez fort édifié. J'ai beaucoup admiré votre gravité, votre recueillement. Je me sentais vraiment indigne de mettre avec vous la main sur l'enfant. »

Sa légèreté me heurta, mais n'est-ce pas le respect humain qui me fit rougir ? Je le crains. Il est parfois difficile de savoir ce qu'on éprouve.

À la maison, j'enlevai l'enfant à la porteuse et le mis entre les bras de Paulette qui, triomphalement, mais avec de grandes précautions, le remit à sa mère.

Si je l'avais choisie entre tous les bébés serait-elle plus jolie, dit Lydie, en découvrant son visage. Doux moment ! Que c'est beau à voir un cœur de jeune mère.

* * *

10 septembre.
Je raffole de ma filleule, je ne me lasse point de la tenir, de l'admirer, ce qui ravit sa mère. Hier, comme je la prenais dans son berceau, elle m'a dit avec une expression charmante :

– Si tu pouvais lui faire un don – comme dans les contes – qu'est-ce que tu lui donnerais ?

Je regardai l'enfant endormie sur mon bras et, après un instant de réflexion, je répondis :

– Je lui donnerais de se rapporter toute à Dieu, sans jamais un retour sur elle-même. C'est te dire qu'elle serait la plus noble, la plus sainte, la plus heureuse créature de la terre.

– Comme tu deviens sérieuse, comme tu deviens austère, me répondit Lydie. Sais-tu que je ne te reconnais plus ? C'est incroyable comme voir mourir t'a changée, t'a mûrie.

– La mort de M. Durville m'a fait une impression terrible. C'est sûr. Mais me croiras-tu ? C'est une parole de M. Osborne qui m'a éclairée, qui m'a remuée dans les profondeurs de la conscience.

Elle me regarda de l'air d'une personne qui croit rêver, et je lui racontai tout.

– Catholique de nom ! répéta-t-elle. Comment as-tu pu tant t'émouvoir pour si peu ?... C'est un propos d'amoureux déçu, blessé.

– Non, lui dis-je, c'est la parole très juste d'un homme sérieux, d'un homme sincère.

– Voyons, n'extravague pas. Tu es catholique comme nous le sommes tous, comme les autres le sont. La société nous façonne, nous forme à prendre la vie par les côtés faciles et brillants.

– Oui – et que devient l'esprit chrétien ? Songe un peu. Est-ce que nous ne tenons pas les richesses, les honneurs, les plaisirs pour les véritables biens ?... Quelle est notre vie intérieure, surnaturelle ? Qu'il s'agisse de devoirs d'état, de société, de religion, à quel signe discerne-t-on la catholique de la protestante ?... Aimons-nous moins le confort, la toilette, le luxe, le faste, les plaisirs, le théâtre, toutes les jouissances ?... Passons-nous moins de temps à parler de choses vaines ?... Lisons-nous moins de romans ?... Oublions-nous plus vite les offenses, les blessures d'amour-propre ?...

– Je pense bien que non, répondit Lydie, mais être une sainte, ce doit être si ennuyeux.

Et, hélas ! C'est bien aussi ma pensée. Est-ce que je n'incline pas à voir en Dieu un ennemi mortel parce qu'il m'a créée pour Lui ? De quelle qualité est ma croyance ?... Ce n'est pas la première fois que je me le demande. Ah ! Je sens toute la faiblesse, toute la misère de l'âme humaine... Cette inertie intérieure, comment en triompher ?... À quoi sert de vouloir tempérer la religion au gré de ses désirs ? Nul ne peut servir deux maîtres. Voilà une parole de l'Évangile que je comprends. Je vois si bien l'opposition entre l'esprit de Jésus-Christ et l'esprit du monde. Mais en quoi cela m'avance-t-il ? Qu'ai-je retiré de mes méditations et de mes austères pensées ?...

J'ai l'horreur de l'indifférence religieuse... la honte profonde de ce demi-christianisme que Lemaître appelle l'une des bonnes farces de notre temps, mais entrer tout droit, tout à fait dans la vraie vie chrétienne, je ne m'y décide point.

La lutte contre soi-même est si dure. La seule pensée de ce combat continuel me déprime et je reste partagée entre des désirs contraires.

Depuis que la douleur est entrée dans ma vie je n'avais pas ouvert mon cahier, quand je l'ai pris hier c'était pour le détruire avec mes lettres. Avant de les jeter au feu, j'ai voulu le relire et il m'en reste une impression d'une profondeur étrange. Que ce passé encore si proche me semble loin... détaché de moi

Les dernières lignes sont du 20 septembre. C'est la nuit suivante que mon père fut pris du mal qui nous l'a enlevé. Chose étrange, dès le premier instant j'eus l'intuition que la maladie serait mortelle. Il tâchait de me dissimuler ses souffrances, il restait aimable, il était souvent gai, mais rien ne me rassurait.

Avec quelle anxiété, j'épiais chez lui quelque signe de foi. Quels reproches je me faisais pour n'avoir pas su l'arracher à son indifférence !

C'est pendant ces jours si douloureux que j'ai appris à prier. Sans cette prière intense, incessante, je n'aurais pu supporter mon angoisse. Dieu semblait ne pas m'entendre. Mais qu'il m'a magnifiquement exaucée...

Et comme la douleur nous change, nous éclaire, nous fortifie. Je n'avais pas le courage de la vraie vie chrétienne. J'y voyais des rigueurs, des ennuis, des contraintes insupportables, et voici que je me prépare avec calme à la vie religieuse.

Pour mon père qui m'aimait d'un amour si grand, je veux satisfaire, je veux expier… Tous les assujettissements, tous les renoncements, tous les sacrifices me seront possibles, car j'ai la bienheureuse certitude de son salut. En douter un instant, je ne le pourrais jamais.

Rien ne me devrait coûter. C'est avec une joyeuse allégresse que je devrais aller où Jésus-Christ me veut.

Quand le service des pauvres me sera trop rebutant, je me rappellerai sa miséricorde envers mon père mourant. Je revivrai l'heure déchirante et bénie. Oh ! cette divine assurance de son salut dans mon âme qui défaillait d'angoisses… le mystère sacré, la grâce céleste de ce contact direct, personnel avec Lui, le juge redoutable et l'amour incarné…

Maintenant que ma mère y consent enfin, il faut tenir ma promesse. Seigneur Jésus, pour reconnaître votre bonté, aussi vrai que je suis la faiblesse même, je veux consumer ma vie au service de vos pauvres.

Ces pages où j'ai noté l'éveil de ma conscience, le travail divin en mon âme, seront peut-être une consolation à ma pauvre maman. Je vais les lui remettre au lieu de les détruire et j'y joins ma réponse à la dernière lettre de Benedict Osborne.

« Ce qu'on vous a raconté vous bouleverse, vous révolte. Vous n'en pouvez, dites-vous, supporter la pensée, vous refusez d'y croire.

Il est pourtant très vrai que je me crois appelée au renoncement complet, absolu, et prochainement j'entrerai au noviciat des Petites Sœurs des Pauvres.

Je sais quelle vie m'y attend. On a exigé que j'en fisse l'essai et, comme on vous l'a dit, je vais souvent aider les Sœurs au ménage du matin, et ma future maîtresse ne m'épargne rien du dégoûtant labeur, des plus pénibles soins.

Moi qui ai tant aimé l'indépendance, le plaisir, le raffinement et la beauté des choses, comment en suis-je là ?... Comment ai-je pu amener ma mère à ce sanglant sacrifice ?... Comment puis-je soutenir la vue de sa douleur, de ses larmes qui ne tarissent point ? N'est-ce pas parce que je réponds à l'appel de Celui qui a voulu, pour nous, mourir sur la croix ?

Vous croyez à un excès de tristesse, vous croyez que j'ai trop creusé la pensée de la mort.

Si je me connais, la reconnaissance envers Notre-Seigneur domine tous mes sentiments.

Monsieur, vous êtes vraiment un ami, et il y a des choses intimes, sacrées, que je voudrais vous dire ; mais, vous qui n'avez pas le bonheur de croire, pourrez-vous me comprendre ?

Vous avez bien connu mon père, vous savez ce qu'il valait, le charme qu'il exerçait. Vous savez aussi qu'il ne pratiquait point. Il s'était laissé prendre aux caresses de la vie, aux enchantements du succès et semblait avoir perdu la foi. Ce que j'ai souffert, quand je vis la mort s'approcher. Aucune parole humaine ne vous en pourrait donner l'idée. Une crainte horrible, formidable s'ajoutait à ma poignante douleur.

Mais l'angoisse qui aurait dévoré mes jours et mes nuits, à l'heure suprême, Notre-Seigneur l'a changée en paix céleste, en douceur infinie. La mort de mon père m'a laissé une consolation parfaite. Que me seraient tous les biens apparents, toutes les joies, toutes les ivresses de la terre auprès du sentiment inexprimable de sa miséricorde, de la divine assurance que Jésus-Christ a daigné mettre au plus profond de mon âme ? C'est pour reconnaître sa bonté que je veux le servir jusqu'à la mort, dans ses pauvres.

Dans le monde on assure que ma résolution faiblira vite et vous-même ne me cachez pas que vous l'espérez. Vous me dites : Le jour où il ne me restera plus aucun espoir de vous avoir pour compagne de vie, il n'y aura pas sur terre d'infortuné plus à plaindre que moi.

Cette parole me revient souvent, j'en ai parfois le cœur lourd et, tout en faisant la part de l'exagération je pleurerais volontiers. Aux heures cruelles, j'ai si bien senti la force, la sincérité de votre attachement.

Mais nous, pauvres créatures, que pouvons-nous pour ceux que nous aimons ? Vous savez ce que mon père m'était. Dans l'épouvante de l'infini, devant l'océan sans bornes des siècles sans fin, que pouvais-je pour lui ? Mais on n'implore pas en vain l'amour tout-puissant. Jusque-là, qu'est-ce que Jésus-Christ avait été pour moi ? Une ombre lointaine, un faible et fugitif souvenir, un être vague, irréel… Maintenant il m'est présent, il m'est intime. Rien ne me sera difficile. Pour l'amour de Lui je soignerai gaiement mes vieux chenus et branlants.

Faut-il vous assurer que je ne vous oublierai jamais ? Je songe parfois à notre entretien dans l'allée des pins, à ce que vous m'avez dit de votre état d'âme, et je vous plains tant.

Le vrai malheur c'est de ne pas savoir pourquoi on naît, pourquoi on souffre, pourquoi on passe.

Partout et toujours je prierai pour vous. En me disant que j'étais catholique de nom, vous avez réveillé ma conscience. J'ai reconnu que je vivais à peu près comme si je ne croyais pas à l'Évangile. Soyez béni. Je vous dois d'avoir compris qu'il faut mettre sa vie d'accord avec sa foi. »